내 사랑 엄지

어르신 이야기책 _209 중간글

내 사랑 엄지

초판 1쇄 발행일 2020년 4월 20일

지은이 유선진
그린이 김영희

펴낸이 이원중
펴낸곳 지성사 출판등록일 1993년 12월 9일 등록번호 제10-916호
주소 (03458) 서울시 은평구 진흥로 68 정안빌딩 2층(북측)
전화 (02) 335-5494 팩스 (02) 335-5496
홈페이지 www.jisungsa.co.kr 이메일 jisungsa@hanmail.net

© 김영희, 2020

ISBN 978-89-7889-439-5 (03810)

이 도서의 국립중앙도서관 출판예정도서목록(CIP)은 서지정보유통지원시스템 홈페이지
(http://seoji.nl.go.kr)와 국가자료공동목록시스템(http://www.nl.go.kr/kolisnet)에서
이용하실 수 있습니다. (CIP제어번호: CIP2020014242)

어르신 이야기책 _209 중간글

내 사랑 엄지

유선진 글 · 김영희 그림

 지성사

나는 내 며느리를 '엄지'라고 부른다.

그 아이가 내 며느리가 되기까지 6년간에도

엄지라고 불렀고, 두 아이의 엄마가 되어 있는

지금도 마찬가지이다.

손가락 다섯 중에 으뜸이 엄지인지라

네가 제일이라는 뜻의 엄지이고, 동화책에 나오는

작고 가련한 엄지 공주 같다고 하여 엄지라고 부른다.

물론 큰 소리로 "엄지야" 하고 부른 적은 없다.

내 가슴속에서 나 혼자 부르고 있는 이름이다.

그러니까 내게 그 애는 엄지이다.

그리고 내가 그 애를 엄지라고 부르고 있는 한,

그 애는 세상에서 제일 착하고 어여쁘고 가련한

내 사랑으로 남게 된다.

나는 이 애가 사십이 되고 오십이 되어도

나의 엄지이기를 소망한다.

그것은 이름이 아니라 바로 사랑이기 때문이다.

나는 아들만 넷을 두었다.

아들 넷이 자라는 집은 전쟁터요, 파괴의 현장이다.

더구나 나는 이 애들을 기르면서 회초리는 고사하고

볼기 한 번, 큰 소리 한 번 제대로 치지 않은

성미 느긋한 어미였으니 오죽했겠는가.

아버지까지 합친 다섯 남자의 활갯짓은 지붕을

날릴 정도였다. 오 부자가 엮어내는 역동의 회오리에

나는 언제나 저만치 날려가 엎어지기 일쑤였다.

나는 큰애가 대학생이 되자 예쁜 여학생이라도
사귀어 집에 드나들게 하라고 부추겼다.

"예쁜 여학생이 드나들면 좀 좋아?" 하고…….

그러나 여자 형제가 없는 집의 남자애는
이성에 늦되는지, 대학교 졸업반이 될 때까지도
전혀 관심이 없었다.

학교 축제 때 파트너를 동반해야 할 경우에는
내가 친구 딸들 중에서 한 명을 조달해야 했다.

아들은 경제학과를 졸업하고 다시 수학을
공부하기 위해 수학과로 편입을 했다.

어느 날, 아들이 잘 정리된 노트를 빌려다가
베끼고 있는 것을 보았다. 두꺼운 수학 노트였는데,
첫 페이지의 글씨가 마지막 장까지 한 획 흐트러짐 없이
똑 고르고 반듯해서 감탄하지 않을 수 없었다.

"어떤 여학생인지 몰라도 성품이 무척 단정하겠구나."

내가 말을 하니 아들이 보충 설명을 해주었다.

일찍이 아버지를 여의고 어머니와 오빠,

세 식구의 단출한 가족이라는 것,

얼굴이 썩 곱고 키가 아주 작다는 것,

제일 먼저 도서실에 와서 맨 나중에 나가는데,

처음에는 수위 아저씨가 중학생이 몰래 들어와서

공부하는 줄 알고 야단을 쳤다는 것이다.

"원, 기특도 해라."

나는 참으로 보기 드문 기특한 학생이라고 탄복을 했다.

그러나 그 여학생이 나의 엄지가 되리라는 것을

그때 어찌 상상이나 했겠는가.

엄지를 처음 보았던 날을 나는 지금도 기억한다.

1984년 가을이었는데, 그때는 신군부가 5공화국을
탄생시키고 무소불위의 권력을 행사하며 자리를 잡은
절정의 시기였다.

신군부는 정의사회 구현이라는 명분을 내세워
5공의 정통성을 문제 삼는 민심을 다스렸다.
사회악 일소, 공직자 숙청, 과외 추방 등이 그것이었다.

지금도 마찬가지이지만 당시의 과외 열풍은
가히 망국적이라 할 수 있었고,
신군부가 여기에 칼을 댄 것이다.

그들은 대학 입시의 대변혁을 일으켰다.

본고사를 없앴고, 일체의 과외 금지 조치를 내렸다.

수업 시간 이외에는 교사들에게 질문하는 것조차 금했다.

교사들 뒤에는 감찰 요원이 따라다녔고, 고발함을 설치하여

과외를 하고 있는 교사와 학생을 고발하도록 했다.

서슬 퍼렇던 시절이었다.

그러나 자식의 실력을 어떻게 해서든 향상시키고자 하는

모성의 노력 앞에는 넘지 못할 장벽이 없었다.

이런 엄마들 눈에 엄지는 안성맞춤의 과외 선생이었다.

첫째는 도무지 대학생이라고 보이지 않는 그 애의
외모였다. 작고 가냘픈 체격과 단발머리의
해맑은 얼굴은 잘 해야 중학생 정도로 보이고,
이 점은 어떤 날카로운 경비원의 눈초리도 피할 수 있었다.

둘째는 그 애의 실력과 성실성이었다. 엄지와 함께 몇 달을
공부하면, 학생들은 반에서 수학만큼은 최고점을 받았다.
내 아들과 엄지가 클래스메이트인 것을 안 학부모 몇이
우리 집으로 와서 엄지를 소개해달라고 요청했다.

엄지에게도 좋은 일이었다.

나는 사실 엄지를 한번 보고 싶었다. 여학생 얘기를

전혀 하지 않던 아들애가 엄지 이름을 자주 입에 올렸고,

그때마다 아들의 얼굴이 아주 밝고 즐거운 표정이었기에

이미 특유의 어떤 예감이 감지되었기 때문이다.

약속 시간에 아들과 함께 나타난 엄지.

부엌에서 저녁 준비를 하다가 이 애들을 맞이한 나는

그만 '풋' 하고 웃고 말았다.

단발머리에 청바지, 은행 빛 티셔츠를 입은

조그만 여자애. 신비한 미소로 인사를 대신하고 있는

너무도 작은 열세 살 소녀가 거기 있었기 때문이다.

과외를 시키다가 적발된 학부모가 구속이 되고,

벌금을 물고, 학생이 처벌을 받고, 교사가 퇴직을 당했다는

신문 보도가 공포 분위기를 조성했지만,

엄지는 소녀 같은 외모 때문에

무난히 학비를 조달할 수 있었다.

학생들 또한 실력이 향상되어 만족해하였다.

이 과정에서 들려오는 엄지에 대한 칭송은

나를 기쁘게 했다.

나는 때때로 엄지의 얼굴을 떠올려보곤 했다.

그 애의 얼굴은 유백색이었는데,

양 볼에 분홍 장밋빛의 홍조가 화사해서

그 아름다움을 도무지 어떤 다른 것에 비유해

생각할 수가 없었다.

백합? 아냐. 백합처럼 청초하기는 하나 그보다 따뜻해.

이조백자? 아냐, 백자처럼 기품이 있기는 하나

백자로서는 미흡해.

나는 이렇게 혼자서 엄지의 얼굴을 상상해보았지만,

어느 것으로도 비교하지 못했다.

그러나 확실한 것은 어느 때, 어디서 엄지를 떠올렸건,

내게 남은 마지막 감정은

가슴을 훑고 지나가는 한 줄기 통증이었다.

왜였을까.

나는 지금도 그 통증의 정체를 설명할 길이 없다.

너무도 작고 가냘파서일까.

어린 나이에 아버지를 잃은 탓일까.

제 학비와 생계를 스스로 책임지고 있는

안쓰러움 때문인가.

아니면 그가 가르치고 있는 학생의 엄마들이

"선생님은 가르치는 동안 물 한 모금

입에 대지 않아 딱해요"라는 말이나,

"그 애의 위가 선천적으로 기능 부전이에요.

음식만 들어가면 아파서 절절매요.

그래서 숫제 굶고 살아요"라는 아들의 말 때문인가.

　아마도 이 모든 것이 합쳐져서 내게 엄지를

언제나 아픔이게 했던 모양이다.

이듬해, 이 애들은 수학과 졸업반이 되었다.

아들은 졸업 후에 군복무, 그 후에 도미 유학 계획을

세웠고, 엄지는 교생 실습, 아르바이트, 학점 관리 등

하루 24시간이 모자라게 바빴다.

그렇게 열심인 엄지의 모습을 내게 전달하는 아들의

표정은 승전을 전하는 병사마냥 자랑에 가득 차 있었다.

그러면서 너무나 편안하게 말하는 것이었다.

"그 애를 사랑해요."

그 애를 사랑해요……. 사랑해요…….

아들의 말이 메아리처럼 맴돌았다.

어느 정도 예견은 하고 있었지만, 솔직히 말해
그것은 내가 원하는 바가 아니었다.

엄지. 물론 좋은 여학생이다.
좋다는 말로는 부족할 만큼 훌륭한 아가씨다.
그러나 맏며느리로서, 더구나 장손부로서
합당한 상대가 못 된다.

나의 이런 대답도 입 안에서만 맴돌았다.

"천천히 생각해보자. 급할 게 없잖니?"

겨우 이렇게 말했다.

아들은 뜻밖이라는 듯 놀라는 눈치였다.

그도 그럴 것이 제 의견에 동의하지 않는 어미를

한 번도 경험하지 못했기 때문이었다.

나는 아이들을 키우면서 그들의 의사에 반대해본

적이 없는 못난 어미였다. 그 애들이 좋아하는 것은

나도 무조건 좋으니 어쩌랴.

나는 생(生)이라는 것이 아이들의 마음에 상처를

주면서까지 쟁취하는 것은 아니라고 생각했다.

하루하루 충실하고 평화로운 나날들이 모여

장구한 인생이 된다는 생각에서, 오늘 하루 충만하고

즐거워하라, 내일 때문에 오늘을 상처 내지 말라,

이렇게 아이들에게도 나 자신에게도 일렀다.

"이다음에 어찌 되려고 그러니?"라든가,

개미와 베짱이의 이솝 이야기를 예로 들면서

내일을 준비하는 삶을 강조하지 않았다.

나는 아이들의 오늘이,

내일이라는 보이지 않는 시간보다 중요했다.

나는 아이들의 학교 성적 때문에 절망하지도 않았고,

이 애들의 지극히 평범한 인물됨에도 낙망하지 않았다.

이런 어미에게 익숙해져 있는 아들이기에
엄지를 사랑한다는 제 말에 엄마가 주저 없이
동의해줄 것을 의심하지 않았을 것이다.

천천히 생각해보자는 내 말은 아들에게 충격이었다.

그 애는 낙담했고, 외출에서 돌아오면
곧장 제 방으로 올라갔다.

나는 아들이 "그 애를 사랑해요"라고 말했을 때,
왜 선뜻 '그것 참 좋은 말'이라고 하지 못했을까.

아이들이 무슨 말을 해오면 '그것 참 좋은 말'이라고
대꾸했었는데…….

그래서 아이들은 무슨 말을 시작하려면,
시작하기 전부터 먼저 '엄마, 이것 참 좋은 말'이라고
서두부터 꺼내고 말을 하는데, 큰아들이 제 딴에는
힘들게 꺼냈을 "그 애를 사랑해요"라는 말에
왜 나는 선뜻 '그것 참 좋은 말'이라고 하지 못했을까.

너무도 중요한 말이기 때문이었을까.

나도 어쩔 수 없이 이 세상의 결혼 풍토에서
벗어날 수 없는 아들 가진 어미였던 것이다.

결혼은 이상이 아니라 현실이며,

결혼은 당사자만의 문제가 아닌 가문과 가문의 결합이고,

인생에서의 최후, 최선의 투자여야 한다는

영악한 계산을 앙큼하게 하고 있었는지 모른다.

　그러나 아들의 우울해 보이는 뒷모습을 볼 때면,

또 우는 듯 웃는 듯한 엄지의 얼굴이 눈앞에 아른거릴 때면,

아들의 방을 찾아가 '그것 참 좋은 말'이라고

해주어야겠다는 생각을 하고 있었다.

내가 무엇보다도 견딜 수 없는 것은 아들과의

불편한 관계였고, 그것보다 이미 엄지를 사랑하고 있는

나 자신을 발견했기 때문이었다.

어느 날, 외출해서 돌아온 아들의 얼굴이 사뭇
화덕처럼 달구어져 새빨갛고, 호흡은 씨름을 끝낸
선수처럼 거칠었다. 손에는 종이 한 장이 구겨져 있었다.

"엄마는 좋으시겠네요. 그 애가 결핵 2기란 말예요.
확실한 반대 명분이 생겼잖아요?"

한껏 야유조의 말을 해대며 두 계단 세 계단씩 뛰어서
제 방으로 올라갔다.

도대체 이게 무슨 소리란 말이냐. 엄지가 결핵 2기라니.
나는 아들의 방문을 밀치고 들어갔다.

"그동안 어머니하고 대화할 분위기가 못 되었잖아요."

　엄지가 교생 실습을 나간 학교는 달동네에 위치해
있었다. 학교 선생님들은 교육 여건이 열악한 이 학교에서
어서 4년이 흘러 다른 곳으로 전근되기를 기다리는 듯
맥이 빠져 있었고, 학부모들은 생계에 바빠서
아이들의 실력은 교사와 부모로부터 방치되어 있었다.

방과 후에는 학습지도를 할 수 없는 교육 현장에서
엄지는 아이들 노트를 20권에서 30권까지 수거해
갖고 다니면서 붉은 펜으로 일일이 지적을 해주고
고쳐주는 열성을 부렸다. 거기다가 아르바이트는
여전히 해야 되고, 음식은 잘 먹지 못하고…….

두 달 만에 쓰러져 병원에 가니, 진찰하던 의사가
정밀검사를 받아보라고 했다. 흉부 엑스선 촬영,
객담 검사, 피 검사를 했고, 결과는 결핵 2기라는 것이다.

'어머니, 그 애를 사랑해요. 더더욱요.'
나는 말이 아니더라도 그 눈빛으로 아들의 결심을
알 수 있었다.

"가자." 나는 아들을 앞세우고 엄지를 찾아갔다.

미열로 얼굴이 분홍 장미가 된 엄지는 조그맣게
아랫목에 누워 있었다. 마치 강보에 싸인 아기 같았다.
나는 가만히 그 애의 손을 잡았다.

아들에게 엄지의 입원을 지시하고, 나는 집을 향해
언덕길을 내려왔다. 내려오면서 아들에게 말했다.

"한 가지 약속을 해다오. 너는 차질 없이
공부만 하겠다고……. 이 애는 엄마가 맡는다."

"알았어요."

그러나 이것은 얼마나 헛된 약속인가.

다음 날도 또 다음 날도 내가 엄지의 병실에 들어서면,
이미 아들은 병상의 그 애를 향해 큰 키를
활처럼 구부린 채 열심히 설명하고 있는 것이었다.

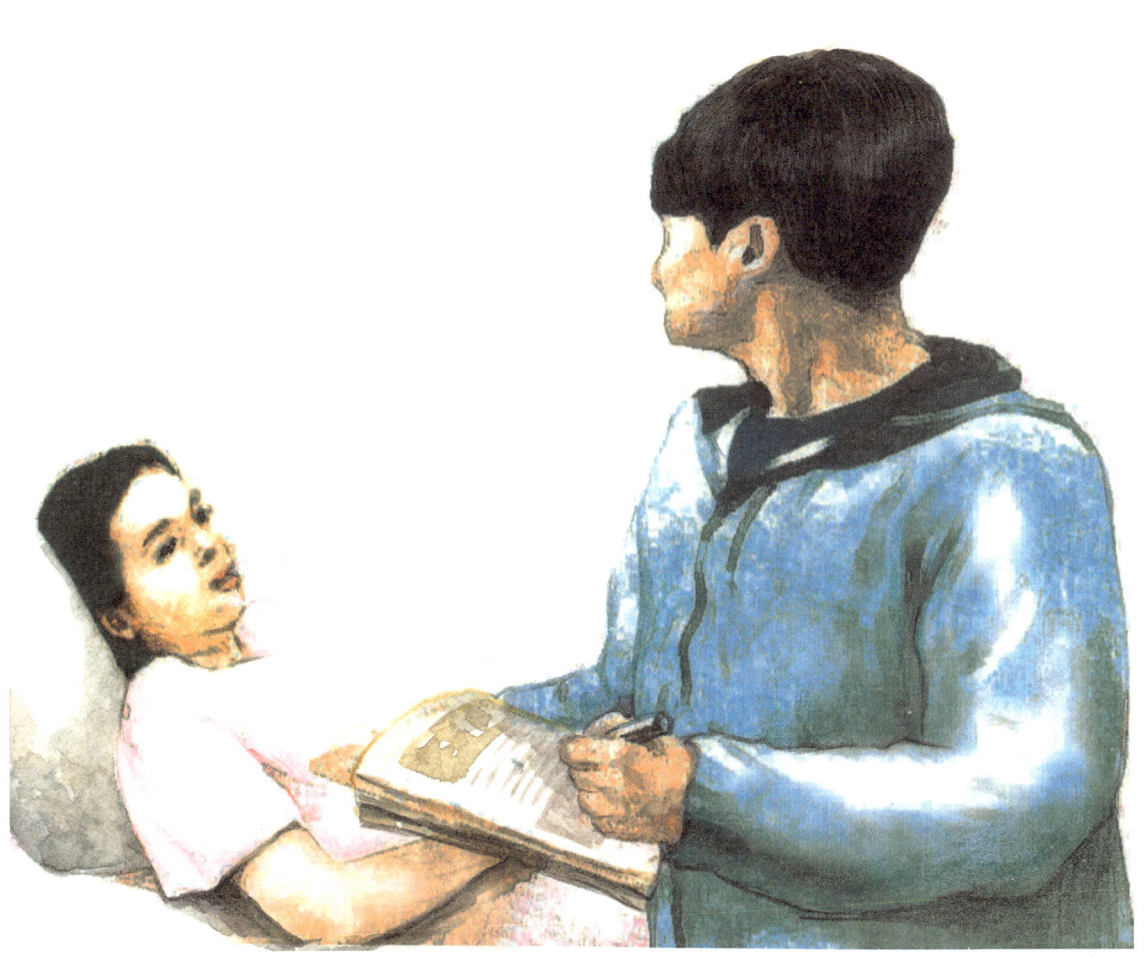

아들의 손엔 대한결핵협회, 보건소 등에서 가져온
결핵에 관한 책자가 들려 있었다.

"알았지, 응? 약을 시간 맞춰 규칙적으로 먹는 게
제일 중요해. 휴식이나 영양 섭취는 그다음이야.
첫째도 약, 둘째도 약, 셋째도 약이야. 알았지?"

"응, 알았어. 알았대도……."

마침 회진하러 들어온 담당 의사는 흐뭇한 표정으로
이렇게 말했다.

"아, 요즘 그대와 그대 씨 때문에 나까지 행복해져요."

아들은 엄지의 휴학 수속을 밟았고, 퇴원해서 완치에
이르기까지 엄지의 눈물겨운 투병 생활에 동참했다.

엄지에게 있어 가장 큰 투병의 장해 요인은
위 기능 부족이었다.

몇 수저의 밥도 소화를 못 시키는 위에
한 주먹씩이나 되는 독한 약을 하루에도 몇 번씩
넣어야 했으니 엄지는 결핵균에 의해서가 아니라
소화 장애로 죽어갈 것 같았다.

그 고통을 지켜보는 것은 앓고 있는 당사자 못지않게

힘든 일이었다.

엄지의 곱던 얼굴은 누렇게 버석거리며

풀잎처럼 시들어갔다.

열심히 약을 복용해도 새로운 공동(空洞)이 생기고,

내성이 생겨 더 독한 약으로 바꿔야 하고…….

하얀 휴지에 점점이 붉은 선혈이 꽃잎처럼 퍼질 땐,

엄지의 작은 몸은 절망으로 자지러들었다.

그 애의 가족도 나도 힘을 잃었지만

완치의 신념이 조금도 흔들리지 않는 것은 아들뿐이었다.

그 모습은 너무도 아름다웠고,

나는 참으로 사랑한다는 것이 어떤 것인가를

비로소 알게 되었다.

투병 생활 2년 8개월 만에

이제 약을 끊어도 좋다는 진단이 내려졌고,

엄지는 복학하여 좋은 성적으로 졸업을 했다.

그리고 5월의 신부가 되었다.

세상에 어느 신부가 나의 엄지처럼 찬란하게
아름다웠을까. 모진 폭풍을 이겨내고 자랑스럽게
초가을 미풍에 나부끼는 코스모스인가 백합화인가.

아름다운 화관을 쓴 엄지는 승리한 자만이
지을 수 있는 자랑스러운 미소로
하객들의 박수에 겸손한 예를 올렸다.

새색시로서 스무 날을 함께 살다가 미국으로 유학 가던
날, 공항 출구 게이트를 통과하다가 돌연 뒤돌아 뛰어와
내 가슴에 작은 새처럼 안겨 울던 엄지는
지금 두 남매의 어미가 되어 있다.

순수수학과 전산학의 두 가지 석사 학위도 땄고
아직도 공부 중이다.

　살림살이에도, 육아에도, 학문에도
다섯 손가락 중 으뜸인 내 사랑 엄지.
그 작고 약한 몸속 어딘가에
활화산 같은 용암이 분출되는지 경이롭다.

사랑이 이 모든 것을 가능하게 한 것은 아닐는지…….

이제 나의 며느리 이야기는 이것으로 끝을 맺는다.

아들의 연인으로서 6년, 며느리로서 7년,

엄지와 나눈 13년은 내게도

엄지에 못지않은 중요한 변화의 시기였다.

내 자식에 국한되었던 모성이

엄지라는 작고 약한 여인을 통해 세상으로 확대되는

시점이 되었고, 나 혼자 겪으며 삭혔던 갈등은

나의 모성을 성장시킨 동시에 인간적으로도 성숙시켰다.

내가 마치 천사표 시어머니처럼 묘사가 되었는데,

절대로 그렇지 않다.

내가 얼마나 교묘한 방법으로

연약한 엄지의 마음에 상처를 주었는지

하나님과 그 애와 나만이 안다.

내가 엄지의 병 때문에 전전긍긍하고 있을 때

엄지가 독백처럼 썼던 일기의 한 구절을

나는 우연히 본 적이 있다.

싫다. 관심도 싫다. 동정은 더욱 싫다.

내 병세가 악화될까 봐 불안해하는 시선. 싫다.

이대로의 나를 사랑해줄 수는 없는가.

병균이 들끓고, 좀먹어가는 내 작고 썩은 몸뚱이를

그 자체를 사랑해줄 수는 없는가……

  사랑이라는 이름으로, 사랑을 가장해

엄지에게 가한 나의 압박이 얼마나

그 애를 힘들게 했나를 알 수 있지 않은가.

용서를 빈다.

흔히 우리는 이렇게 말한다.

누구에게나 장점과 단점이 있다고.

나는 이 말에 반대한다.

장점과 단점은 별개의 것이 아니라

바로 동전의 양면같이 장점이 곧 단점이고

단점이 바로 장점이라고 말하고 싶다.

엄지의 고집은 엄청나다.

내가 수용했던 것은 엄지의 질병과 환경이 아니라

그 애의 고집이었다.

일 년간 휴학하고 복학했을 당시

엄지의 병세는 조금도 나아지지 않았을 때였다.

마냥 학교를 쉴 수가 없어 담당 의사와 상의하고

복학을 했지만, 사실 조금 무리라는 것을 우리는 알았다.

　우리는 엄지가 쉬엄쉬엄 출석하여 시험을 보고,

그냥 마지막 일 년을 채우고 졸업할 수 있기만을 바랐다.

그러나 엄지는 저를 염려하는 모든 사람의 뜻은

아랑곳없이 맨 먼저 도서관에 가고,

제일 늦게까지 남아서 공부했고, 아이들 가르치고,

수학 참고서 만드는 출판사 일에 누구보다도 많은 분량을

집으로 가져와 늦도록 일을 했다.

도무지 조마조마해서 지켜볼 수가 없었다.

"몹쓸 것. 제 고집대로 저러다가 어느 거리에서
쓰러져도 이제 몰라."

엄지 어머니의 말이었다.

나 또한 당황하고 곤혹스럽기는 마찬가지였다.
어른들의 정성을 보아서도 저럴 수가 있을까 싶었다.

제 몸무게 100그램을 늘리기 위해서 노심초사하는데,
저렇게 제 고집대로 밀고 나가
200그램을 감소시킬 수 있는 걸까?

그러나 기왕에 그 애를 사랑하기로 했다면

갈등 없이 사랑하리라 마음먹었다.

　고집이란 얼마나 강한 의지인가.

고집으로 보지 않고 의지로 보기로 했다.

실제로 그 고집은 엄지의 탁월한 의지로서

빈속에 약을 단 한 번도 거르지 않고 먹었던 인내였고,

결핵협회 먼 곳까지 단 한 차례 빠짐없이

주사를 맞으러 다니게 한 원동력이 되었다.

고부 관계에서 중요한 것은 각자의 관점에서

장점을 볼 줄 아는 지혜라고 생각한다.

아니 장점을 찾고자 하는 노력이라고 하겠다.

　이제 우리 가정사에서 고부 갈등이라는 단어는

점차 시라지고 있다는 느낌이다.

그것은 무엇을 뜻하는가.

고부 관계의 새로운 국면이라고 할 수도 있다.

시어머니인 우리 친구들의 극진한 며느리 사랑을 보면서

이러한 이해와 사랑이 우리 정서로 굳어져

장구한 세월이 흐른다면,

그것이 곧 민족 정서로 토착화되지 않겠는가.

이 시대를 살고 있는 우리 시어머니들이

부단히 인간적인 성숙을 도모하면서

새로운 고부 문화 창조에 의무와 책임을 느낀다면

젊은 며느리들 또한 이에 동화되리라는

긍정적인 견해를 가져본다.

내 나이 환갑이 넘었다.

환갑은 십이간지가 새로 시작되는 해이다.

그래서 한 살이라고도 이야기하고,

육십에서 칠십에 이르는 나이는 인생의 절정이라고

말하면서 새로운 희망을 다짐하지만,

그것은 부정할 수 없는 쇠락의 나이이다.

쇠잔이란 얼마나 평화로운 체념인가.

젊음의 열정과 과욕이 씻기어 나간 평화.

그리고 쇠잔이란 또

얼마나 사람을 조그마하게 만드는가.

나는 아주 작아져서 엄지의 엄지가 되어

그의 등에 업혀 잠들고 싶다.

품위 있고 건강한 노년을 위한
어르신 이야기책(큰글자책)

* 판형: 변형 사륙판(187×224)

짧은글 ▶▶▶

박치기 사랑 어르신 이야기책_짧은글 101

• 글 양귀자, 그림 남인희/ 48쪽/ 값 10,000원/ ISBN: 978 89 7889 350 3

여성잡지 기자인 김동희 씨는 어느 해 겨울, 눈 내리는 날 운전을 하다가 내리막길에서 바퀴가 미끄러져 한 남자의 앞차를 들이받습니다. 1년 뒤, 같은 자리에서 그 남자의 차가 김동희 씨의 차를 들이받습니다. 당돌한 김동희 씨에게 첫눈에 반한 남자의 박치기 사랑이 시작됩니다.

들국화 고갯길 어르신 이야기책_짧은글 102

• 글 권정생, 그림 김영희/ 48쪽/ 값 10,000원/ ISBN: 978 89 7889 351 0

구김살 없고 꿈이 많은 꼬마 소와 넉넉한 마음의 할미 소는 오늘도 등에 하나 가득 짐을 지고 고갯길을 오릅니다. 때로는 힘들고, 주인의 채찍질이 서럽도록 눈물겹지만, 고갯마루에서 반겨주는 들국화의 환한 모습에 고달픈 노동의 무게를 잠시나마 잊을 수 있어 행복합니다.

가난한 날의 행복 어르신 이야기책_짧은글 103

• 글 김소운, 그림 남인희/ 40쪽/ 값 10,000원/ ISBN: 978 89 7889 352 7

가난 속에서 피어난 '따뜻한 부부애'라는 주제를 다룬 3편의 에피소드로 구성된, 김소운 선생의 대표적인 수필입니다. 가난한 시절을 함께 한 부부간의 소박한 사랑의 기억이 일생 동안 삶을 살아가는 데 얼마나 큰 힘이 되어주는지를 잔잔하게 일깨워줍니다.

'메아리'와의 만남 어르신 이야기책_짧은글 104

• 글 양귀자, 그림 김영희/ 56쪽/ 값 10,000원/ ISBN: 978 89 7889 353 4

세상의 모든 생명에 대한 경건함이 돋보이는 작품입니다. 주인공인 '나'는 몇 차례 애완동물들과의 이별에서 슬픔을 겪으면서 다시는 애완동물을 키우지 않으리라 다짐합니다. 하지만 어느 봄날, 딸아이가 학교 앞에서 사온 병아리의 등장으로 다시 사랑 쌓기가 시작됩니다.

긴데요,의 김대호 씨 어르신 이야기책_짧은글 105

• 글 양귀자, 그림 낙송재/ 48쪽/ 값 10,000원/ ISBN: 978 89 7889 354 1

키 186센티미터의 김대호 씨는 큰 키만큼이나 느립니다. 말도, 행동도 그렇지요. 장가가려면 말투를 고치라고 충고하지만 쉽지 않습니다. 그러나 그는 품이 넓고, 맡은 일에 빈틈이 없습니다. 그래서 모두 그를 좋아하고, 이 바쁜 세상에 여유 있게 살아가는 그가 있음으로 행복해합니다.

삼남삼녀 어르신 이야기책_짧은글 106

• 글 김태길, 그림 남인희/ 48쪽/ 값 10,000원/ ISBN: 978 89 7889 355 8

아들을 손꼽아 기다렸지만 결국 딸아이 셋을 보았다는 작가 자신의 이야기입니다. 작가는 남아를 선호하는 주변 사람들의 모습에 대해 해학적으로 묘사하면서, 작가 자신도 아들을 은근히 기대하였으나 아내가 순산만 했으면 다행이라며 위안합니다.

우리 동네 예술가 두 사람 어르신 이야기책_짧은글 107

• 글 양귀자, 그림 남인희/ 56쪽/ 값 10,000원/ ISBN: 978 89 7889 356 5

작가인 나는 예술가들이 모여 산다는 북한산 자락에 살고 있지요. 그 많은 예술가들 가운데 유난히 두 예술가를 사랑하는데, 그들에 관한 이야기입니다. 바로 동네 한가운데에서 매일같이 성실하고 끈질기게 자신의 진지한 '예술'에 몰두해 있는 '김밥 아줌마'와 '트럭 채소 장수'입니다.

아슬아슬했던 시절, 목단꽃 이불 밑에 숨은 사연 어르신 이야기책_짧은글 108

• 글 양귀자, 그림 남인희/ 48쪽/ 값 10,000원/ ISBN: 978 89 7889 357 2

작가는 붉은 목단꽃 이불의 홑청이 유난히도 자주, 장대로 곧추 세워놓은 빨랫줄에 널려 깃발처럼 펄럭였던 어린 시절 기억을 떠올립니다. 그리고 어머니와 아버지의 결혼, 아버지의 방황과 죽음, 가장의 무게를 짊어진 큰아들을 향한 애틋한 어머니의 모정을 담담하게 풀어냅니다.

술은 인정이라 어르신 이야기책_짧은글 109

• 글 조지훈, 그림 낙송재/ 48쪽/ 값 10,000원/ ISBN: 978 89 7889 358 9

'술을 마시는 것을 좋아하는 것이 아니라 술 마신 흥취를 좋아한다'던 시인 조지훈. 당대의 주선(酒仙)으로 통하고 주도(酒道)의 18단계를 밝힌 그가 젊은 날에 겪었던 반백의 낯선 노인과의 해장술, 1·4후퇴 때 대구역 플랫폼에서 얻어 마신 한잔 술에 관한 이야기입니다.

일연이 어르신 이야기책_짧은글 110

• 글 이양하, 그림 낙송재/ 48쪽/ 값 10,000원/ ISBN: 978 89 7889 359 6

영문학자인 저자가 10년에 걸쳐 신문이나 잡지에 기고하였던 글 가운데, 「일연이」와 「다시 일연이」를 함께 엮었습니다. 동대문 밖에 사는 친구 딸 일연이를 만나는 기쁨과 다시 만난 이후 한층 성장한 아이에 대한 경외감을 표현하고 있습니다.

이런 제자, 저런 일 어르신 이야기책_짧은글 111

• 글 권오길, 그림 김영희/ 48쪽/ 값 10,000원/ ISBN: 978 89 7889 360 2

저자가 고등학교 선생으로 재직하면서 겪은 에피소드입니다. 별명 '임질이'로 기억할 뿐, 이름이 가물가물한 경기고등학교 제자, 실험 때 선혈을 보면서 기절한 제자가 있는가 하면, 가정방문 당시의 풍경과 고교 시절 방황하던 최 군을 만나 회포를 푸는 모습 등 사제의 정이 넘쳐흐릅니다.

시골뜨기 서울뜨기 어르신 이야기책_중간글 201

• 글 박완서, 그림 김영희/ 56쪽/ 값 10,000원/ ISBN: 978 89 7889 361 9

시골 친척의 맏아들 결혼식 초대에 사모관대, 족두리를 쓴 정겨운 혼례식을 볼 생각으로 기분이 좋습니다. 하지만 읍내 차부 앞 예식장에서 결혼식을 치르고, 쌀 다섯 가마에 돼지 두 마리를 잡았다는 잔칫집에서 시골의 순박한 정취와 풍경을 기대했던 나는 당황스럽기만 합니다.

임꺽정 어르신 이야기책_중간글 202

• 글 조해일, 그림 낙송재/ 64쪽/ 값 10,000원/ ISBN: 978 89 7889 362 6

우리에게 널리 알려진 의적 임꺽정은 어지러운 세상을 구하기 위해 그 지혜를 얻으러 선비 '허순'을 찾습니다. 하지만 그 집을 찾아온 세 선비와 자리를 함께한 임꺽정은 선비들과 대화를 나누다가 난마 같은 세월에 한숨이나 쉬고 있는 그들에게서 희망이 없음을 처절하게 느낍니다.

산골 아이 어르신 이야기책_중간글 203

• 글 황순원, 그림 낙송재/ 64쪽/ 값 10,000원/ ISBN: 978 89 7889 363 3

산골 아이의 하루 일상이 옛이야기와 어우러져 어릴 적 추억이 떠오르는 이야기입니다. 할머니가 들려주는 여우고개에 얽힌 옛날이야기와, 밤늦도록 돌아오지 않는 아버지를 기다리던 아이는 호랑이가 산다는 산막골에 얽힌 이야기를 떠올리면서 걱정이 이만저만이 아닙니다.

필묵장수 어르신 이야기책_중간글 204

• 글 황순원, 그림 낙송재/ 68쪽/ 값 10,000원/ ISBN: 978 89 7889 364 0

재능은 없지만 글과 그림을 좋아하는 순수한 서노인은 필묵을 파는 봇짐장수입니다. 어느 날, 궂은비를 피하러 들어간 집에서 중로의 여인은 구멍 난 그의 양말을 보고 밤새 버선 한 켤레를 지어줍니다. 가난하고 외로운 떠돌이 서노인은 칠십 평생에 처음으로 따뜻한 정을 느낍니다.

아네모네의 마담 어르신 이야기책_**중간글** 205

• 글 주요섭, 그림 남인희/ 64쪽/ 값 10,000원/ ISBN: 978 89 7889 365 7

아네모네 다방의 마담 영숙은 창백한 낯빛에 눈빛이 애수에 가득 찬 전문학교에 다니는 학생에게 마음이 끌립니다. 그이는 언제나 같은 자리에 앉아 슈베르트의 「미완성 교향악」을 청합니다. 영숙은 그이도 자신에게 마음이 있을 거라고 생각했는데, 그게 아니었나 봅니다.

꼴찌에게 보내는 갈채 어르신 이야기책_**중간글** 206

• 글 박완서, 그림 김영희/ 48쪽/ 값 10,000원/ ISBN: 978 89 7889 366 4

'나'는 시내에 볼일이 있어 외출했다가 마라톤 경기를 구경합니다. 하지만 눈앞에 나타난 선수들은 꼴찌에 가까운 후속 주자들입니다. 고통으로 일그러진 얼굴들, 마지막까지 최선을 다해 뛰고 있는 그들도 충분히 박수를 받을 만하다는 생각에 손이 부르트도록 박수를 보냅니다.

행복의 장 어르신 이야기책_**중간글** 207

• 글 김소운, 그림 김영희/ 64쪽/ 값 10,000원/ ISBN: 978 89 7889 367 1

버스 요금이 8원 하던 때, 버스에서 자리를 양보해준 어느 고학생에게 건네준 500원으로 느낀 작은 행복, 백모님의 부음으로 떠올린 50년도 더 지난 어린 시절의 기억 등, 작가는 자신이 겪은 이야기를 풀어내며, 인생에서 행복 이상의 그 무엇은 모두를 향한 '보람'이라고 고백합니다.

어머니의 베틀노래 어르신 이야기책_**중간글** 208

• 글 권오길, 그림 김영희/ 64쪽/ 값 10,000원/ ISBN: 978 89 7889 368 8

두 살 때 헤어진 아버지의 얼굴을 나는 모릅니다. 그러기에 어머니의 사랑을 듬뿍 받고 자랐을 겁니다. 목화밭에서 목화송이를 따서 솜을 타고 물레질을 한 뒤, 베틀에 올라 베를 짜던 젊은 시절의 어머니. 인고의 세월을 살다 가신 어머니를 기린 사모곡입니다.

긴글 ▶▶▶

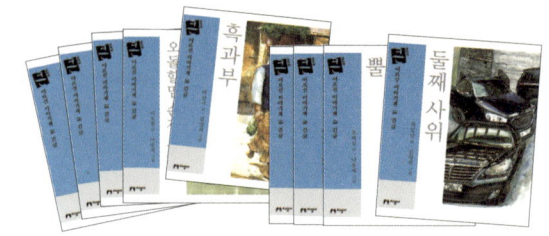

목넘이마을의 개 어르신 이야기책_긴글 301

• 글 황순원, 그림 김영희/ 112쪽/ 값 13,000원/ ISBN: 978 89 7889 369 5

어느 날, 목넘이마을에 찾아든 신둥이(흰둥이) 개. 굶주림에 지친 신둥이는 동네 방앗간 바닥에 떨어진 겨와 동네 개들의 구유를 핥으며 간신히 몸을 추스르지만, 마을 사람들은 미친개라며 몰아냅니다. 험난한 환경 속에서도 끈질기게 생존을 유지하는 신둥이 개의 이야기입니다.

별 어르신 이야기책_긴글 302

• 글 황순원, 그림 낙송재/ 72쪽/ 값 13,000원/ ISBN: 978 89 7889 370 1

소년은 어머니의 얼굴을 모릅니다. 우연찮게, 죽은 어머니와 누이가 닮았다는 이웃 할머니의 말에 소년은 화가 납니다. 못생긴 누이가 어머니를 닮다뇨? 원치 않은 남자에게 시집간 누이가 죽었어도 소년은 누이를 어머니와 같은 하늘의 별로 받아들일 수가 없습니다.

이야기감 어르신 이야기책_긴글 303

• 글 유재용, 그림 낙송재/ 120쪽/ 값 13,000원/ ISBN: 978 89 7889 371 8

조선 말기, 청나라 군사들의 겁탈을 피해 새댁 박씨는 친정으로 가던 길에 산적들에게 능욕을 당하고, 결국 떠돌이 고리장이에게 몸을 의탁합니다. 세월이 흘러, 이 진사댁은 삼대독자 외아들이 후사를 볼 수 없자 잘생긴 떠꺼머리 고리장이에게 씨를 얻습니다. 격동의 역사 속에서 살아가는 사람들의 이야기가 4대에 걸쳐 펼쳐집니다.

오돌할멈 손자 오돌이 어르신 이야기책_긴글 304

• 글 이호철, 그림 낙송재/ 88쪽/ 값 13,000원/ ISBN: 978 89 7889 372 5

한국전쟁 당시 치열하게 전투가 벌어졌던 월비산 315고지, 그 부대에 '고문관'으로 통하는 '김오돌' 일등병이 있습니다. 학교 교육이라곤 전혀 받은 적 없고, 강원도 정선의 어느 산골에서 숯 굽는 화부 조수 노릇하다가 주인 아들 대신 징집되어온 김오돌에게 무슨 일들이 벌어질까요?

흑과부 어르신 이야기책_긴글 305

• 글 박완서, 그림 김영희/ 72쪽/ 값 13,000원/ ISBN: 978 89 7889 373 2

광주리 채소장수에 날품팔이로 억척같이 사는 '흑과부'라 불리는 여인을 둘러싸고 벌어지는 이야기입니다. 전업주부인 '나'는 마치 대단한 자선을 베푸는 양 사람 취급도 제대로 하지 않았던 흑과부가 가난에 맞서 얼마나 공포스럽게 살아왔는가를 비로소 깨닫습니다.

아내를 빌려 줍니다 어르신 이야기책_긴글 306

• 글 김주영, 그림 남인희/ 112쪽/ 값 13,000원/ ISBN: 978 89 7889 374 9

왜소하기 짝이 없는 세탁소 청년 조덕배는 흑인 병사의 아들로 입양되어 미국으로 건너간 뒤 주근깨투성이 미국 아가씨와 결혼하여 한국으로 돌아옵니다. 영어학원의 인기 강사로 이름을 날리던 어느 날, 미국인 아내를 사장의 파티용 파트너로 빌려달라는 조건으로 무역회사의 관리 상무로 올라선 그는 마음 한켠이 늘 불안합니다.

유황불 어르신 이야기책_긴글 307

• 글 양귀자, 그림 남인희/ 104쪽/ 값 13,000원/ ISBN: 978 89 7889 375 6

기차가 하루에도 수십 차례씩 지축을 뒤흔들며 지나가는 철길 옆 동네. 내가 국민학교 2학년 때 만난 찐빵집 딸 은자는 「검은 상처의 블루스」를 기가 막히게 잘 부르며, 가수가 꿈입니다. 그해 여름부터 가을까지, 철길 옆 동네에서 벌어진 온갖 일들이 옛 추억을 떠올리게 합니다.

뿔 어르신 이야기책_긴글 308

• 글 조해일, 그림 낙송재/ 96쪽/ 값 13,000원/ ISBN: 978 89 7889 376 3

가순호는 이삿짐을 부리려고 역 앞에 모인 지게들 중에서 자연목으로 만든 지게를 선택합니다. 그 임자는 뒤로 걷는 특이한 지게꾼이지요. 지게에 짐을 부리고 왕십리에서 새로 이사하는 흑석동까지 오로지 뒤로 걷는 지게꾼은 도시의 잿빛 풍경에, 햇살처럼 빛나는 생명력이 넘칩니다.

둘째 사위 어르신 이야기책_긴글 309

• 글 최일남, 그림 김영희/ 104쪽/ 값 13,000원/ ISBN: 978 89 7889 377 0

땡전 한푼 없는 빈털터리에 두메 출신, 게다가 학력이라곤 야간대학을 2년 다니다가 집어치운 서적 도매상의 사원인 나는 '출세한 촌놈'입니다. 왕년의 거물 정객인 데다가, 재벌을 대·중·소로 나눌 때 소재벌급에 속하는 장인의 둘째 사위로 사는 것이 어떤지, 한번 들여다볼까요?

그림책 ▶▶▶

'어르신 이야기_그림책'은 그림과 어우러진 한 줄 글만 있는,
어르신이 직접 꾸미는 어르신만의 '이야기책'입니다.

슬픈 이별 어르신 이야기책_그림책 001
- 그림 : 남인희/ 40쪽/ 값 10,000원
  ISBN: 978 89 7889 378 7

춘향전 어르신 이야기책_그림책 002
- 그림 : 남인희/ 40쪽/ 값 10,000원
  ISBN: 978 89 7889 379 4

소박한 행복 어르신 이야기책_그림책 003
- 그림 : 남인희/ 40쪽/ 값 10,000원
  ISBN: 978 89 7889 380 0

할미 소와 꼬마 소 어르신 이야기책_그림책 004
- 그림 : 김영희/ 40쪽/ 값 10,000원
  ISBN: 978 89 7889 381 7

시골 잔칫날 어르신 이야기책_그림책 005
- 그림 : 김영희/ 40쪽/ 값 10,000원
  ISBN: 978 89 7889 382 4

철길 옆 동네의 추억 어르신 이야기책_그림책 006
- 그림 : 남인희/ 48쪽/ 값 10,000원
  ISBN: 978 89 7889 383 1

떠돌이 개 어르신 이야기책_그림책 007
- 그림 : 김영희/ 48쪽/ 값 10,000원
  ISBN: 978 89 7889 384 8

우리 누이 어르신 이야기책_그림책 008
- 그림 : 낙송재/ 40쪽/ 값 10,000원
  ISBN: 978 89 7889 385 5

베 짜는 어머니 어르신 이야기책_그림책 009
- 그림 : 김영희/ 48쪽/ 값 10,000원
  ISBN: 978 89 7889 386 2

어느 노인의 인생 어르신 이야기책_그림책 010
- 그림 : 낙송재/ 64쪽/ 값 10,000원
  ISBN: 978 89 7889 387 9

산골 소년 어르신 이야기책_그림책 011
- 그림 : 낙송재/ 52쪽/ 값 10,000원
  ISBN: 978 89 7889 388 6

인연 어르신 이야기책_그림책 012
- 그림 : 낙송재/ 64쪽/ 값 10,000원
  ISBN: 978 89 7889 389 3